好房子：无毒、绿色、省钱

每个人都能打造的健康住宅

芷桦/编著

哈尔滨出版社

图书在版编目(CIP)数据

好房子:无毒、绿色、省钱:每个人都能打造的健
康住宅 / 芷桦编著.—哈尔滨:哈尔滨出版社,2012.1
ISBN 978-7-5484-0793-5

Ⅰ.①好… Ⅱ.①芷… Ⅲ.①房屋 – 改造 – 基本知识
Ⅳ.①TU24

中国版本图书馆 CIP 数据核字(2011)第 232292 号

好房子:无毒、绿色、省钱
书　　名:**每个人都能打造的健康住宅**

作　　者:芷桦　编著
责任编辑:富翔强　魏英璐
责任审校:陈大霞
装帧设计:张　婧
出版发行:哈尔滨出版社(Harbin Publishing House)
社　　址:哈尔滨市香坊区泰山路 82–9 号　　邮编:150090
经　　销:全国新华书店
印　　刷:哈尔滨报达人印务有限公司
网　　址:www.hrbcbs.com　　www.mifengniao.com
E-mail:hrbcbs@yeah.net
编辑版权热线:(0451)87900272　87900273
邮购热线:4006900345　(0451)87900345　87900299
　　　　　或登录蜜蜂鸟网站购买
销售热线:(0451)87900201　87900202　87900203

开　　本:880×1230　　1/32　　印张:5　　字数:50 千字
版　　次:2012 年 1 月第 1 版
印　　次:2012 年 1 月第 1 次印刷
书　　号:ISBN 978-7-5484-0793-5
定　　价:25.00 元

目录

1

2

第四章

Home decoration
家居装修面面观

冷暖篇 Cold & Warm

节能篇 Energy

光线篇 Light

季节篇 Season

不可不看的装修盲点

DECORATION
blind spot

第一章

买家具如何不再上当？

　　家具，种类多，门道更多，稍不小心就容易上当。所以有人说，买房子不吃亏的人，有；买家具没吃过亏的人，还没听说过。怎样选购家具才能不上当呢？看看资深人士总结的这些经验吧，易学好用。

　　不同的家具，表面用料是有区别的。如桌、椅、柜子的腿，要求用硬杂木，比较结实，能承重，而内部则可用其他材料；大衣柜腿的厚度要求达到2.5厘米，太厚就显得笨拙，薄了容易弯曲变形；厨房、卫生间的柜子不能用纤维板做，而应该用三合板，因为纤维板遇水会膨胀、损坏；餐桌则应耐水洗。

发现木材有虫眼、掉沫，说明烘干不彻底。检查完表面，还要打开柜门、抽屉门看内料，可以用指甲掐一掐，掐进去了就说明内料腐朽了。

木材含水率不超过 13%

家具的含水率不得超过 13%，含水率高了，木材容易翘曲、变形。一般消费者购买时，没有测试仪器，可以采取手摸的方法。

用手摸摸家具底面或里面没有上漆的地方，如果感觉发潮，那么含水率起码在 50% 以上，根本不能用。另一个办法是可以往木材没上漆处洒一点儿水，如果洇得慢或不洇，说明含水率高。

家具四脚是否平整

将家具放在平地上一晃便知，有的家具就只有三条腿落地。另外，还要看一看桌面是否平直，不能弓了背或塌了腰。桌面凸起，玻璃板放上去会打转；桌面凹陷，玻璃板放上去一压就碎。

注意检查柜门，不能下垂。抽屉分缝不能过大，要横平竖直。

贴面家具拼缝严不严

不论是贴木单板、聚氯乙烯材料（PVC），还是贴预油漆纸，都要注意皮子是否贴得平整，有无鼓包、起泡、拼缝不严等现象。检查时要冲着光看，不冲光看不出来。

水曲柳木单板贴面家具比较容易损坏，一般只能用两年。就木单板来说，刨切的单板比旋切的好。刨切的单板木材纹理直而密，旋切的单板花纹曲而疏。刨花板贴面家具，着地部分必须封边，不封边板就会吸潮、发胀而损坏。

一般贴面家具边角地方容易翘起来，用手抠一下边角，如果一抠就起来，说明用胶有问题。

家具包边是否平整

封边不平，说明内材湿，几天封边就会掉。封边还应是圆角，不能直棱直角。用木条封的边容易发潮或崩裂。三合板包镶的家具，包条处是用钉子钉的，要注意钉眼是否平整，钉眼处与其他处的颜色是否一致。通常钉眼是用腻子封住的，要注意腻子有否鼓起来，如鼓起来了，腻子则会慢慢从里面掉出来。

油漆部分要光滑

家具的油漆部分要光滑平整、不流唾、不起皱、无疙瘩。边角部分不能直棱直角，直棱处易崩渣、掉漆。家具的门里面也应着一道漆，不着漆板子易弯曲，又不美观。

带镜子的家具要照一照

挑选带镜子类的家具，如梳妆台、衣镜、穿衣镜等，要注意照一照，看看镜子是否变形走色，检查一下镜子后部水银处是否有内衬纸和背板，没有背板不合格，没纸也不行，会把水银磨掉。

闻气味

在挑选时，还需打开家具，闻闻里面是否有很强的刺激性气味，

这也是判定家具是否环保的最有效方法。如果刺激性气味很大，证明家具采用的板材中含有很多的游离性甲醛，会污染室内空气。

沙发、软床要坐一坐

挑沙发、软床时，应注意表面平整，不能高低不平；软硬要均匀，不能这里硬、那里软；软硬度要适中，既不能太硬，也不能太软。

挑选方法是坐一坐，用手摁一摁平不平，弹簧响不响。如果弹簧铺排不合理，发生咬簧现象，就会发出响声；其次，还应注意绗缝有无断线、跳线，边角牙子的密度是否合理。

善用色彩展示幸福家居

随着人们生活水平的提高和居住环境的日益改善，居民们除了选购美观实用的家具摆设外，更多的是注重室内装饰的整体效果，因此室内设计的颜色也变得多姿多彩。要使居室看起来宽阔、清新自然，选择颜色方面就要多花心思。在居室装饰中，色彩的运用是室内设计非常关键的因素，色彩能够营造一个和谐、怡情悦目的居室氛围，也可以通过不同的色彩来改变居室的格调。以下是按不同居室的使用功能，对不同格调的装饰色进行装饰设计，为您在选择时提供参考。

充满生气的色彩与格调。整个地板铺红色地毯或瓷砖，窗帘选择能与红色形成对比的蓝色，这样与白色墙配色便能形成充满生气的格调。

暖和、轻快的色彩与格调。地板和窗帘选用橙色，形成温暖、轻快感。由于橙色太强烈，所以家具选灰色，天花板也选灰色调，可使格调变得柔和

些。橙色要淡,以免造成视觉疲劳,窗帘则用素色。

　　优美的中心色彩与格调。家具用比地板色调浓一些的玫瑰色,窗帘选有玫瑰色的印花图案。能调和衬托玫瑰色的是绿色,所以窗帘的印花中应有绿色。此外,还可以配上绿色的沙发靠垫,台灯罩和盆景。

　　漂亮的中心色彩与格调。家具为粉红色,靠垫、窗帘选择粉红色印花或图案。欲使室内具有漂亮的格调,其他装饰色不应太强烈,天花板和墙应配灰白色调,地板用浅橙色,其装饰效果会较好。但用粉红色作为主色调适用于卧室,客厅不太适宜。

　　罗曼蒂克的色彩与格调。地板选择柔和的粉红色,和同一色的靠垫,配上粉红色印花窗帘,在白色的沙发、米黄色墙壁的衬托下,加点儿淡蓝色,形成花团锦簇般的罗曼蒂克格调。用柔和的粉红色做中心色,其他色调都宜用淡色调的,太

鲜艳的色彩不能与柔和的粉红色搭配。

双色家具秀丽活泼。以往的家具大都是由一种颜色构成的，而如今的居室在逐渐扩大，家具的尺寸也在随之扩大。这样一来，一种颜色的家具就显得有些呆板、有点儿笨了，而今新潮的家具以两种颜色的搭配来体现它的秀丽活泼，如白色的家具配以天蓝色的条块或粉色的条块等。这种"两色家具"让人觉得"有骨有肉"，好似一种时装。

典雅的色彩与格调。以橄榄绿为主要装饰色的居室，可突出典雅感。地板用深色调的橄榄绿，墙和天花板用淡橄榄绿，家具用褐色系，再用几个老红色的靠垫来点缀，典雅的格调才得以显现出来。

富有古典、贵族特色的布置。采用时尚明朗的色调配上华丽宫廷式的家具，加上古金色的细边木花线装饰，再挂上那璀璨的水晶灯饰,使之诱发出高贵瑰丽的感觉。

回归中国传统的色彩。家具要选择桃红色橡木及红木为素材的中式木器家具,那精心雕琢的手制浮雕图案家具,衬托以金属手柄及银色花纹,寓意吉祥、清新隽永,每件摆设均体现出微妙的中国传统色彩。

好房子 无毒、绿色、省钱
每个人都能打造的健康住宅

新房装修
最易偷工减料的十大地方

No.1 墙面刷漆

偷工指数：★ ☆

现象：乳胶漆是目前最常见的墙面装饰材料，在具体施工中可以进行涂刷、辊涂或喷涂。如果工人在施工时不认真或敷衍了事，常会出现微小的色差。尤其是颜色较深的乳胶漆，更会出现这种问题。

专家提醒：乳胶漆在使用之前需要加入一定的清水，

调配好的乳胶漆要一次用完。同一颜色的涂料也最好一次涂刷完毕。如果施工完毕后墙面需要修补，就要将整个墙面重新涂刷一遍。

No.2 下水管路

偷工指数：★★

现象：施工队在进行装修时，有时为了省事，将含有大量水泥、沙子和混凝土碎块的垃圾倒入下水道。这样做的直接后果就是严重堵塞下水道，造成厨房和卫生间因下水不畅而跑水。有些工程虽然在最后验收时没有问题，但总是出现下水不畅的问题。

专家提醒：严格监督施工队，不能拿下水道当垃圾道使用。在水路施工完毕后，将所有的水盆、面盆和浴缸注满水，然后同时放水，看看下水是否通畅，管路是否有渗漏的问题。

No.3 电线接头

偷工指数：★★☆

现象：电工在安装插座、开关和灯具时，不按施工要求接线。尤其在消费者使用一些耗电量较大的热水器、空调等电器时，造成开关、插座发热甚至烧毁，给消费者带来了很大的损失。

专家提醒：在施工中监督电工严格按照操作规程进行施工，在所有开关、插座安装完毕后，一定要进行实际使用，看看这些部位是否有发热现象。

No.4 墙地砖铺贴

偷工指数：★★★

现象：铺贴墙地砖是一个技术性较强的工序。如果工人们偷工减料的话，最容易出现瓷砖空鼓、对缝不齐等问题。另外，铺贴瓷砖用的水泥和黏结剂也有讲究，如果配比不合理也会出现脱落等问题。

专家提醒：根据北京市建委出台的《家庭居室装饰工程质量验收标准》，要求墙地砖铺贴应平整牢固、图案清晰、无污垢和浆痕，表面色泽基本一致，接缝均匀，板块无裂纹、掉角和缺棱，局部空鼓不得超过总数的 5%。

No.5 墙面剔槽

偷工指数：★★★☆

现象：暗埋管线就必须在墙壁和地面上开槽，才能将管线埋入。少数工人在进行开槽操作时野蛮施工，不仅破坏了建筑的承重结构，还有可能给附近的其他管线造成损坏。

专家提醒：在施工之前，要和施工队长再次确认一下管线的走向和位置。针对不同的墙体结构，开槽的要求也不一样：房屋内的承重墙是不允许开槽的；而带有保温层的墙体在开槽之后，很容易在表面造成开裂；而在地面开槽，更要小心不能破坏楼板，给楼下的住户造成麻烦。

No.6 接缝修饰

偷工指数:★★★★

现象:在一些墙面与门、窗户的对接处,以及两种不同颜色涂料对接的地方,也正是工人们经常敷衍了事的所在。您往往会看到乳胶漆与木板之间的涂料互相混杂,接缝处出现各种问题。

专家提醒:对于接缝的处理是很重要的,您一定要监督工人认真施工。如果在墙面上有内种颜色的涂料相对接时,在施工中一定要在第一种颜色的边沿处贴上胶带,再在其上涂刷另一种颜色的涂料,这样只要在施工完毕后撕去胶带,整个揢缝就可以非常齐整了。

No.7 电线穿管

偷工指数:★★★★☆

现象:在家庭装修施工中,几乎所有电线都是穿在PVC管中,暗埋在墙壁内。因

此电线穿进 PVC 管后，消费者根本看不见，而且更换比较难。如果工人在操作中不认真，会导致电线在管内扭结，造成用电隐患。如果工人有意偷工减料，就会使用带接头的电线或将几股电线穿在同一根 PVC 管内。

专家提醒：消费者最好自己购买电线，然后在现场监督工人操作，安装完毕后要进行通电检验。另外，消费者一定要让装饰公司留下一张"管线图"。当电工刚刚把电线埋进墙壁时，就可把这些墙壁编上号码并画出平面图，接着用笔画出电线的走向及具体位置，注明上距楼板、下离地面及邻近墙面的方位，特别应标明管线的接头位置，这样一旦出现故障，可马上查出线路位置。

No.8 小面处理

偷工指数：★★★★☆

现象：所谓"小面"，就是一些消费者看不到，又不太留意的小地方，例如户门的上沿、窗台板的下面，暖气罩的里面等，有些工人在这里就会偷工减料，甚至会不做任何处理。

专家提醒：要记住任何物体都是有 6 个平面的，在检验工程质量时不要忽略任何一个细节。

No.9 地面找平

偷工指数：★★★★★

现象：有些房屋的地面不够平整，在装

修中需要重新找平。如果工人不够细心或有意粗制滥造，就会出现"越找越不平"的问题，而且施工中使用的水泥砂浆还会大大增加地面荷载，给楼体安全带来隐患。

专家提醒：在进行地面找平之前，必须先做好地面的基底处理，然后用水泥砂浆进行地面找平。在水泥干透之后，用专用的水平尺确定整个地面的平整度，然后再进行下一步的施工。

No.10 基底处理

偷工指数：★★★★★

现象：在涂刷乳胶漆、铺贴墙地砖之前，一定要做好基底处理。有些工人施工时会在这方面偷工减料，轻则造成墙面不平整，乳胶漆涂刷后有色差，重则乳胶漆变色脱落，或瓷砖粘贴不牢。

专家提醒：在墙地砖的铺装施工中，您要注意瓷砖不能直接铺在石灰砂浆、石灰膏、纸筋石灰膏、麻刀石灰浆和乳胶漆表面上，而是要将基层面处理干净后方能铺设。瓷砖和基底之间使用的黏结浆料，应严格按照施工标准和比例调配，使用规定标号水泥、黏结胶材料，不能随意调配。

在涂刷乳胶漆时，您一定要注意墙面腻子的披刮是否均匀、平滑，打磨和滚涂是否到位等问题。另外，您还要注意乳胶漆是否配比得当。

小户型装修的 9 个误区

小户型的空间狭小曲折，很多人为了装饰效果，突出区域感，会在不同的区域用不同的材质与高度来加以划分，天花板也往往与之呼应，这就造成了更加曲折的空间结构并衍生出许多的"走廊"，造成视觉的阻碍与空间的浪费。

1. 不够周全的强弱电布置

小户型房间虽小，但五脏俱全。又因居住者以年轻人居多，对电脑网络依赖度高，生活又随意，所以小户型对电路布置要求很高。要充分考虑各种使用需求，在前期设计时做到宁富勿缺，避免后期家具和格局变动后造成接口不足的尴尬。

2. 暗哑的墙面颜色

小户型一般选择明度与纯度较高的色系。因为颜色的纯度越强烈，越是先映入眼帘；明度较高，感官上会有延展性，就是我们通常所说的"宽敞明亮"。

3. 复杂的天花吊顶

小户型居室大多较矮,造型较小的吊顶装饰应该成为首选,或者干脆不做吊顶。如果吊顶形状太规则,会使天花板的空间区域感愈发强烈。

4. 硬质隔断

小户型装修应谨慎运用硬质隔断,如无必要,尽量少做硬质隔

断,如一定需要做,则可以考虑用玻璃隔断。

　5.单调的布光

　　天花板造型简单,区域界线感不强,这无形中给灯具的选择与使用造成了较大的困难。人们往往只放一个或几个主灯了事,显得过分单调。小空间的布光应该有主有次,主灯以造型简洁的吸顶灯为主,辅之以台灯、壁灯、射灯等。要强调灯具的功能性、层次感,不同的光

源效果可交叉使用。

6. 过于宽大的家具

小户型家具的选择应以实用小巧为主，不宜选择特别宽大的家具和饰品。购买遵循"宁小勿大"的原则。还要考虑储物功能。床的周边应该选择有抽屉的床头柜；衣柜应选窄小一些且层次多的，如领带格、腰带格、衬衫格、大衣格等等。最好先在图纸上规划好家具的尺寸，再选择购买。

7. 擅自拆改空间结构

小户型的结构一般都比较复杂，很多人不管结构如何，盲目地把承重墙、风道、烟道拆掉，或者做下水与电、气的更改。这样做，轻则会造成节点、产生裂痕，重则会影响整栋楼的承重结构，缩短使用寿命。

8. 镜子的盲目运用

镜子因对参照物的反射作用而在狭小的空间中被广泛使用，但镜子的合理利用又是一个不小的难题，过多会让人产生眩晕感。要选择合适的位置进行点缀运用，比如在视觉的死角或光线暗角，以块状或条状布置为宜。忌相同面积的镜子两两相对，那样会使人产生不舒服的感觉。

9. 过多占用空间的电器

冰箱不能贪大图宽,应尽量选用横向适中、高度可延的款式,这样可节省地面有限的使用面积,也不会影响食物的储藏量。

至于影音设备,电视可选择体薄质轻、能够壁挂的产品,尽量减少电视柜的占用空间。有条件的话,可考虑选择投影设备,让墙面的设计更加简洁。音响设备尽量安装在墙面与顶面,既可以获得好的音效,又不会让面积紧张的地面更加繁杂琐碎。

超实用的家装常识一览表

DECORATION
knowledge

第二章

1

鞋柜的隔板不要做到头，留一点儿空间好让鞋子的灰尘能漏到最底层。水槽和燃气灶上方装灯。定卫生间地漏的位置时一定要先想好，量好尺寸。地漏最好位于砖的一边，如果在砖的中间位置的话，无论砖怎样倾斜，地漏都不会是最低点。

2

卫生间、空调插座均应谨慎设计开关。特别是卫生间电热水器，以一双级开关带一插头为宜。如要关掉电源，拔插头会有危险。

3

关于墙地面砖阳角部分的处理方法，归根到底是看工人的水平。如果工人水平不错，而且磨瓷砖的工具比较好的话，就应该毫不犹豫地选择磨45°角的做法。从效果上看，只要磨得好，磨45°角的阳角做法是最漂亮的！如果工人的水平确实不怎么样，那么你还是选择用阳角条吧，因为磨得不好的45°角做法还不如用阳角条的效果。

4

水管加压测试也是非常重要的。测试时，大家一定要在场，而且测试时间至少在 30 分钟以上，条件允许的话，最好一个小时。10 公斤加压，最后没有任何减少方可通过测试。

6

木工的包门套工作和泥工的贴瓷砖工作也是要配合的，包门套的时候，要考虑下面的地面（门的两边、地面的任何一面）是否还要贴瓷砖或者其他水泥砂浆找平的事情，因为门套如果在贴瓷砖前钉好，一直包到地面，将来用水泥的时候，如果水泥和门套粘上了，就会导致门套木材吸水发霉。

5

安装塑钢门的时候一定要算好塑钢门门框凸出墙壁的尺寸，使得最后门框和贴完瓷砖的墙壁是平的，这样既美观，又好做卫生。

7

床垫下方和床板一定要透气。床板一般用杉木板最好。

8 买灯具要注意：一般尽量选用玻璃、不锈钢、铜或者木制（架子）的，不要买铁上面镀什么其他镀层或漆之类的，容易掉色。

10 水电改造要自己计划好，要求他们按直线来开槽。自己看着他们画线，全按画的线开槽。每一项都要自己验收才行。

9 脸盆尽量用陶瓷盆，玻璃盆难搞卫生。

13 如果要给地面装地板，地面就要重新做水泥层，重新抹平。

11 防水一定要做好，一定要试水！

12 很多施工中口头上的协议成了结账时被宰的缺口，一定要写成白纸黑字，增减的项目都要把价格问清，写出来！

好房子：无毒、绿色、省钱
每个人都能打造的健康住宅

14 厨房门，还是要求木工做木质
的吊轨门为好。

15 客厅里尽量多装电源插头。

16 洗手间的淋浴外还是要做隔断。
不能为图省事拉一个浴帘了事，
实际很不方便，水流满地。

17 做门与门框的材料要选木纹
细致的材料。

18 在安装橱柜前一定要确认家
里的水路是否畅通。

19 厨卫地砖一定别挑白色。

20 天花板要特别注意抹平腻
子后才能抹墙面漆。

21 客厅灯具盏数不宜过多，简洁为好，否则会像灯具店！

22 买那些需要安装的东西时，尽量要求经销商安装，实在不包安装，也一定要坚持安装完才付全款！

27

好房子： 无毒、绿色、省钱
每个人都能打造的健康住宅

28

23 装修期间，把你以前所收集到的厂家、
商家的名片随身带着。

24 铝扣板的保护膜最好在
装之前就去掉。

25 鞋柜最好用百叶门，防臭。鞋柜边可以
留一个插座，用来插烘鞋器。

26 切菜的地方可以安个小灯。

27 方便的话，餐厅也可以安排气扇，这样吃火
锅或做烧烤时就不会弄脏屋顶的天花板。

28 门口最好安排一个放杂物的柜子，可以放
在鞋柜的上面。把常用的东西，如伞、包、
剪刀、零钱、常吃的药等等放在那里，这样
就很方便了。

29 完全没有必要用贵的天花板，如不太担心潮湿和油
烟的问题，建议使用防潮石膏板外加涂防水漆。如果
一定要用铝扣板天花板，建议：

　　①不用太贵的。

　　②使用净色的，尤其是厨房天花板，纯白的就很
好了，颜色相间的除非和装修风格相配，否则很容易不协调。

　　③自己在现场盯着，收边很重要，不能马虎，一旦留下黑缝，怎么
看都难看。

30

墙面打孔和贴瓷砖时,抽油烟机和热水器的排气孔要预先打好,如果等贴好瓷砖后再打孔就不方便了。所以,在装修前一定要选好抽油烟机、炉具和热水器等,以确定打孔的大小。

31

定做的橱柜虽然好看,但不耐用,
可以考虑地柜采用水泥做框架,
内外两面贴瓷砖,台面铺大理石,
吊柜及柜门还是选用木材来做。
这样做出来的橱柜结实耐用又防
潮,并且花费还不多。

32

做好门套后,泥水工就可以开
始安装石膏线条,进行墙面批
灰工程。如果墙面原本比较平
整,批2~3道就可以了。批
灰时是批一次灰打磨一次,然
后刷底漆,刷完后又要打磨,
最后用墙面漆刷两遍,整个墙
面看起来就会光滑又平整。

33

另外,在贴瓷砖时一定要注
意以下几点:
　①最好自己能在现场。
　②部分不太完美的瓷砖
可以让工人贴在一些将来看

不到的位置,比如橱柜、洗手台、镜子等的后面,还要注意花砖、
腰砖等不要被工人贴在以上位置,否则将来你什么都看不到,还
花冤枉钱。

　　③墙砖、地砖在贴之前,泡水时间一定要够。

　　④一定要将地漏用东西塞好,防止水泥掉下去将其堵塞。

好房子：无毒、绿色、省钱
每个人都能打造的健康住宅

34 卧室的顶灯最好是双控的，门旁一个，床边一个，省得大冬天躺在床上再起来关灯。

35 在过道安装灯具时，只需要在过道、拐角处各装一盏就好了，既明亮又有效果。

36 装灯时要考虑餐桌摆放位置，否则灯不在餐桌正中影响美观。

37

卫生间瓷砖不要用太素的，一是容易脏，二是时间长了太过平淡！

38

插座要多装,家具要外买,地面要耐脏,安全要考虑,样房要多看,原则要坚持。

39

铝扣板根本没有必要买高价格的,很便宜的铝扣板已经远远胜过 PVC 的效果了,再多花钱也看不出显著的效果。买铝扣板特别要注意龙骨而不是铝扣板本身(铝扣板的目标太大,不容易做手脚),龙骨上往往会有问题。

40

地砖的颜色很难找到满意的,如果没找到,可以考虑把两种不满意的颜色交错拼花再转个 45°角,或许能够达到很好的效果。

41

在阳台顶端打柜子的话，柜子背面加上一层泡沫塑料板，隔热防水效果会很好。阳台柜门最好用防火板，不变形。

安装门锁要注意给锁舌头上些蜡,撞坏再
上蜡就晚了。如果没有门吸的话,还要注
意防止把手撞墙而损坏。

42

好房子：无毒、绿色、省钱
每个人都能打造的健康住宅

43

漏电保护器和空气开关要
注意选用质量好的。

44

台下盆比台上盆秀气、好看、好
打扫。

45

墙面顶角不做任何修饰也很漂亮，不过要事先在找油漆工的阶段就和油漆工明确提出来。顶角弹线有助于把顶角线做直。

46

在线槽的水泥表面在批腻子之前表面处理很重要，对于不结实的表面用清洁球处理很合适。

47

石膏适合补墙面上较大的洞，当然如果洞太大还是需要用水泥的。

48

毛玻璃背面千万保护好别粘上油漆，否则很难清洁！

49

菜盆龙头一定要能用手背开关的，那种必须用手指的不容易保持干净，手上有油的时候转动起来也有困难。

51

50

豪华自动晾衣架的价格水分太大，比较后会发现一些不出名的牌子在结构设计上反而胜过了一线品牌，价格却低很多。

可以考虑采用安在地面的金属插座，这种插座很贵，但是很方便，平时与地面齐平，脚一踩就可以把插座弹出来。适合大的客厅，或安在饭厅餐桌的下面，用来插火锅（防止来回走动时拖动电线）。

52

不实用的双杆毛巾架！目前和单杆用途一样，基本不会往里层挂杆上再晒毛巾。

53

觉得橱柜里面的垃圾桶不够实用，不如放在外面。另外，千万不要装门板式的垃圾桶和台面垃圾桶，夏天的时候打开柜门会很臭的。垃圾桶还是放在外面好。

54 餐桌旁放个小柜子会很实用，可放置些东西,很方便。

55

拖把斗在性能方面的要求不高,完全可以自己砌一个出来,铺上和周围环境相符的瓷砖或马赛克，既美观，又省钱。

56

卫生间可钉些挂钩用来挂东西。

58

可以在洗衣房里做一个洗衣池,用来手洗一些东西。非常方便，使用率又高。什么抹布啊、袜子啊、地巾啊，统统在里面洗，就连洗手也可以在那里。

57

卫生间可设计一个小橱放衣服，这样就不用担心洗澡忘了拿干净的衣服。

装修越简单越好,少污染,少花钱, **59**
省心。

实用的东东: **60**

①设计合理的储藏室。

②阳台上安装洗污物的水槽，区别于卫生间的
洗脸盆和厨房的洗菜、洗碗的水斗。

③卫生间装有可以拔出来洗头的龙头。

④便于清洁的地板和合适的清洁工具。

⑤厨房的台面工作灯。

61
买马桶一定要量好自家的孔距，要不买了再去退
货会很麻烦。

62

厨卫地砖贴好后最好在没干前量一下水平，看最
低点是不是地漏处，要不等干了后再和装修队纠
缠这个问题会很麻烦。

63 洗手间的淋浴房一定要够大，而且要用透明玻璃，这样在里面冲凉就不会显得狭促。

64

瓷砖勾缝不该用白水泥勾，因为一个月就会变成黑缝，非常难看。

65

橱柜的人造石下应该垫有厚木板。

66

别信设计师的蛊惑。当然，可以多走访几家装修公司，从每家的设计里提取出真正有用的东西，关键要清楚自己想把家装扮成什么样子。

67

如果开发商在地漏处已经装了那种防臭的"碗"，千万别取出来。

68

卫生间地面瓷砖贴好后就立刻试水，如果流水比较缓慢就立即返工。否则会经常导致地面积水，洗澡时会很麻烦。

69

装洗手盆时要考虑好和镜子、放刷牙杯的架子及毛巾架的相对位置。

买镜子时考虑一下镜前灯的位置,如果暂时不想装镜前灯,镜子的大小要以能遮住为镜前灯预留的线最好。

70

71 放洗衣机的阳台上做个小柜子，方便放一些杂物，如洗衣粉等，既美观又实用。

一定要盯着楼上做防水……不然楼上往下滴水，就会弄得吊柜、墙面一片狼藉…… **72**

73 不要盲目地跟从网上团购，有时候自己去砍价会比团购还便宜。

74

电视背景墙一定多设几个插座，电视、DVD 一摆上，就会发现插座不够用。

75

改水路前就要考虑好将来所装的洗脸盆的位置,比如说是左盆还是右盆,进水和排水该设在什么地方。以免改好后才发现相中的洗脸盆却装不下!

关于窗帘,大家最好自己留一份尺寸表,对老板说明不能少尺寸。如果少了的话,就要做出相应补偿,或者看着他裁布。

76

77

装修的施工工序:

(1)进场,拆墙,砌墙。

(2)卫生间、厨房地面做 24 小时闭水试验(需开发商完成此任务)。

(3)凿线槽,水电改造并验收。

(4)封埋线槽、隐蔽水电改造工程,确定闭水实验无渗漏后开始做防水工程。

(5)卫生间、厨房贴墙面瓷砖。

(6)木工进场,吊天花板、石膏角线。

(7)包门套、窗套。制作木柜框架。

(8)同步制作各种木门、造型门及平压。

(9)木质面板刷防尘漆(清油)。

(10)窗台大理石台面找平铺设。

(11)木饰面板粘贴,线条制作并精细安装。

(12)墙面基层处理,打磨、找平。

(13)家具、门边接缝处粘贴不干胶(保护边)。

(14)墙面油漆至少涂刷三遍。

(15)家私油漆进场,补钉眼、刷油漆。

(16)处理边角,铺设地砖、实木或复合木地板、

防水大理石条,踢脚线。

（17）灯具、洁具、拉手、门锁安装调试。

（18）清理卫生,地砖补缝,撤场。

（19）装修公司内部初步验收。

（20）三方预约时间正式验收,交付业主。

78

烟道的阀门装回去之前一定要擦干净，保证阀片能够开关自如并能开到最大，否则会影响油烟机的排烟效果。可以在装吊顶时留两条不装,等油烟机安装完并试用无误后再把吊顶装好。

79 由于客厅和餐厅的空间较大,所以吊顶能不做就不做。

80

走线时要想好空调位置，将
电源尽量移近空调，免得装
空调时看到一节电源线，留
下一丝遗憾。

81

亲自量度并记录房屋内可供使用
的各个尺寸，可将楼书户型图上尺
寸遮盖，然后重新引线标注，最终
的尺寸将直接影响装修设计和家
具的购买。

82

谨慎寻找装修人员。如果不是特别大的户型并
且打算简单装修，似乎找游击队更合算些。最
好是别人装过后介绍，你自己也去亲眼看过并
认同，特别对装修负责人的感觉更是重要，责
任心和欣赏水平怎么样，前者更关键些。

83

主要家具如沙发、衣柜、餐桌椅、橱柜等最好也提前多看看，若四处乱跑就太累了，可以找几个购物环境好的大型家居广场逛逛，基本趋势就看出来了，所以接下来你要做的就是根据自己预想的风格慢慢筛选出合适的东西。有些人对款式把握较好，有些人则对颜色把握得准，没关系，反正还有时间考虑。如果等到装修清场，虚位以待的步骤再去看家具，难免最后会勉强接受而不是非常喜欢。

84

对已经看好的家具最好把尺寸记下来，然后到房里虚拟将来的摆设情况。

85

购买东西时必要的单据一定要保存好，此举对后期可能存在的退、换货情况绝对有益。特别是一些重要物品的购物小票、说明书等，因为好多东西是有保修期的，凭证丢了会比较麻烦。

86

检查是否有必要的施工保护措施，比如入户门要用珍珠棉包起来，铺贴好的窗台和地面也要适当保护。

87

尽可能多与施工人员沟通，确定他是否明白你的意图。设身处地尊重每一位师傅的工作，令人家感觉到自己的重要性，那么干起活来是否会更负责一些呢？有句老话不是叫"用人不疑"吗？特别到一些边缘工程，就是需要几个工种配合的，负责任的工人会互相协调好、各司其职，否则就大家来回踢皮球，推卸责任。譬如泥工帮忙解决了一些木工的事情，而电工又解决了一些泥工的问题。由于每个师傅的经验不同，只要他肯帮你想办法就好。

88

做家私最好不要做固定的，因为这样可能有些布局就不能再变化了。如果一定要做，就必须把握质量，否则后患无穷。

89

改水管千万要慎重，一是费钱；二来如果不吊顶就必须从地板下走水管，万一水管出问题就麻烦大了。

90

根据自己的实际需要合理安排布线，以免浪费（布很多灯带和射灯不太实用，一定要用也尽量避免串联，费电），但是有的地方就不能省，比如浴室镜旁，要经常用风筒和剃须刀；还有，如果在鞋柜里面或下面有个插座也不错，可以用烘鞋器。

91

卫生间尽量干湿分区，如果面积小，用柱盆就好（玻璃台盆特显脏，懒人慎用）；有条件设置一个防水的小柜子收纳杂物最好，什么都摆在外面肯定不好看。

92

木器刷光面白漆时,聚酯的比硝基的好。

93

橱柜一定要认真选择,要多比较几家的质量,做得稳固结实才好,因为这一项通常资金花费较大,并且又关系到灶具、水槽等,所以还是不要一味贪便宜的好。但最好不要在橱柜台面或里面做垃圾桶;还有就是如果资金有限,拉篮、调味篮、米桶什么的统统可以不要,这些配件在橱柜公司普遍卖得很贵。

衣柜宁多勿少、宁大勿小,女性切记!垂挂空间要以能放下较长的衣裙为准。

94

95

玻璃或镜子等不好搬运的东西最好在附近购买,或者先想好运输方法。

96 — 窗帘最好在家具、家电全进场后再定做，以搭配整体风格色调。但保洁前可以把轨道装好。

97

燃气改管最好在贴瓷砖之前完成，不然有可能会破坏墙面。最好让燃气公司画个图或在墙上做标志，因为橱柜公司需根据要求在柜身开孔。

98

橱柜安装时间较长，少则4~5小时，多则两天，要有心理准备。安装时可检查所用材料是否是你定的那种。橱柜安装前把厨房先清洁一下，因为柜子一旦装好，那些死角就没办法再打扫了。

99

家私安装时最好在旁边看着，尤其是衣柜的层板，都是有好几个孔位选择的，如果没有谨慎安装，易导致层板之间的距离偏小，挂衣服伸展不开，以后还要调整。

考虑到甲醛对环境的污染，在房里可放置吊兰等绿色植物，家私的柜门全部打开散发气味，也可买专门消除气味的东西来喷。

100

101

安装燃气报警器,预防燃气点火。

102

刷木器漆的时间:最好等房间铺完地砖或木地板后再刷。如果一定要刷的话，最好也要将房间打扫干净。没铺地砖或木地板的房间，房间里的粉尘会很多，这时刷木器漆的话，粉尘容易附着在刷过木器漆的木制品表面，摸上去有刺刺的感觉，这种情况虽然可用较高标号的砂纸打磨后再刷一遍来解决，但是最后刷出来摸上去的手感与整体效果就会打点儿折扣。房间铺完地砖后再刷，那时空气里的粉尘含量比铺之前少很多，基本不会出现刷过一遍木器漆后粉尘附着在木制品表面的情况。

103

关于补漆：油漆师傅是等墙面干透再批腻子的，腻子层干透后刷漆。刷完漆之后如果没什么问题就要装灯具和各种电器开关了。记得要提醒装灯具与电器开关的师傅注意一下，装之前将手洗干净，这样装的时候就不会弄污墙面了，也就省了一道补漆的工序。当然，弄污了墙面，装修队肯定是要让油漆师傅再来补漆的，也就是将弄污的墙面弄干净（如果是油漆公司的话，他们也会让师傅来补漆的，仔细观察会发现很多油漆师傅在刷完墙面后都会剩一部分漆，这剩余的一部分漆就是用来补漆的）。一般来说，在刷墙面漆之前都会将木器漆刷完，这样做是避免木器漆在干的过程中会对刷过墙面漆的墙面有影响。当然，在实际操作过程中，也可以在地砖铺完之后（铺地砖之前已将墙面的腻子批好）再刷木器漆，等木器漆干透之后再刷墙面漆，只是这样做会影响工期。如果怕影响工期的话，又要将空气中粉尘的影响降到最低，那就要勤快点儿多多打扫一下房间的卫生了。

104

装修队伍的选择：至于选择游击队还是正规公司，其实并不重要，关键是施工队的头儿是否认真负责，装修工人的技术，当然还有装修的质量和价格。

首先，找装修公司不要超过四家，对大部分人来说是这样，如果你的时间很富裕，那就另当别论了。和装修公司谈之前，一定要清楚你要做哪些装修项目，可以先请装修公司报所有的项目，对比一下价格并综合考虑各种因素后再决定有哪些项要外包，哪些项要装修公司做。

对装修的人来说，装修的报价越低越好，当然，装修公司的意见正相反。有时，装修公司为了拉生意，会将有些报价压得比较低，这样一来，工程的质量与用料的质量就比较难以保证。装修那么多项，你想项项都是最低价，那是不现实的。而且装修中的报价不能只看数字，更要看里面的内容，这一项目所用的材料、规格、品牌等。要知道，其实装修中的每一项报价都是大有讲究的。

好房子：无毒、绿色、省钱
每个人都能打造的健康住宅

105

把每一分钱都用在刀刃上：看装修材料的时候，一定会看花了眼，好东西实在是太多了，而且似乎每一样单看起来，经济上都可以承受。可短时间内要把这些东西一次购置到位，经济压力就会很大。往往大多数人在这时候乱了阵脚，结果一是最后预算超支太多，二是先买的东西价美质优，而后买的东西则参差不齐。

较好的做法是：

一、先定价格，后选材料。

超出预定价位 10% 的材料物品，不要在上面浪费时间了。

二、能省就省，该花就花。

最费钱的地方是木工活，橱柜。

最容易出现质量问题的地方是水电改造、厨卫防水。

隐蔽工程是最重要的、不能省钱的地方,如水电路改造、防水处理。

106

搜集家装信息最省心的方式是利用网上的资源,收集、存留、整理、整合,将来一定会派上大用场。

107

108

为了节约时间、提高效率,每次去装修材料市场都有收获,一份详细实用的采购与预算计划表是相当重要的。

计划列表按房间分类采购时比较容易实施:每次上街看同一室内的东西,便于比较并综合,容易有成效。

一、门厅工程　　　二、客厅工程

三、餐厅工程　　　四、主卧工程

五、儿童房工程　　六、书房工程

七、主卫工程　　　八、客卫工程

九、厨房工程　　　十、阳台工程

109 家庭影院的后置音箱，音频电线要预埋在客厅下面，这个很重要！

阳台上增加一个洗手池，装修时要预埋水管。
阳台洗手池很重要，浇花、洗手都方便。 **110**

111

洗手间、厨房需要背景音乐的，装修前预埋音频电线。

112

阳台的两边都要留插座，过年的时候挂灯笼，方便通电。

113

户门入口处的电灯开关，建议使用感应型，避免黑天回家时摸黑。

114

基础工程施工说明：水、电改造

（a）施工队进场施工前必须对水管进行打压测试（打 10 公斤水压测试 15 分钟，如压力表指针没有变动，则可以放心改水管了，反之则不得动手改管，必须先通知管理处，让管理处进行检修处理，待打压正常后，方可进行改管）和电路测试（用装有插座的灯泡进行测试，灯泡亮即可）。

（b）打槽不能损坏承重墙和地面现有部分。承重墙上如需安装"线盒"，不能破坏里面钢筋结构。

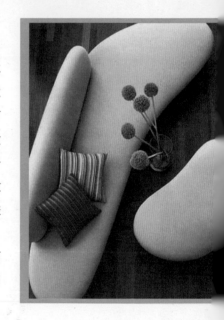

（c）在埋"线管"之前，需对"线槽"做防白蚁处理，"线管"与"线管"连接处需用"直接"或"弯头"连接，"线管"与"底盒"交接处需安装"接线盒"，所有墙面和地面电路必须成 90° 角。如原线路需改动，且无法使用"直接"或"弯头"连接时，则需用"黄腊管"相连，且"黄腊管"进入两端线管内不少于 10 厘米。

（d）电路需暗埋入墙的最好采用"3 分线管"，吊顶走线则可用 "4 分线管"。"线管"内的电线不得有接头，接头要能在另一个线盒内找到,且管内电线不得超过管径的60%。

(e)强电火线需用红色,零线需用黑色,地线用黄色或蓝黄分色线;电话线需用四芯电话线;网线、音响线和电视线需根据实际情况来配选。

(f)水、电路改造完毕,需对水路再次进行打压试验,打压正常后,用水泥砂浆进行封槽。

防水

115

(a)厨卫的水、电改造完毕封槽后,便可进行下一步工序——防水。

(b)防水要根据不同材料有不同的施工方法,现以"上海汇丽911"为例:卫生间防水做到顶为最佳,厨房防水一般做1米高即可,地面防水距墙面30厘米做两遍,30厘米以上做一遍即可,门套处防水需包住门边。

(c)防水做完待干后,进行"验水"试验,时间为48小时。48小时后到下一层屋里去看,如天花板没有湿痕,则可通过,反之则需重做防水层。最容易漏水的地方就是"地漏"处。

瓷砖

116

（a）业主在挑选瓷砖时需对瓷砖进行质量认定，其方法为：首先是看它的色泽是否均匀，无杂色和小孔黑点即可；其次要看其尺寸大小是否标准，用卷尺量瓷砖的长和宽，量出的尺寸要与其商标出厂尺寸一致，再量其瓷砖的对角线，如对角线尺寸一致，则瓷砖是正的；接着要看瓷砖的平整度，最简单有效的方法是将同一品牌的两片瓷砖正反重叠，如重叠后两块瓷砖之间有明显缝隙或可以转动，则瓷砖不平；最后要看瓷砖有没有色差，方法是取出几件同类型瓷砖样品，在亮处进行比较，如看不出颜色有差异，则可订购了。

（b）贴好后的瓷砖不能有整片砖空鼓（局部空鼓不能超过整片砖的20%），如有整片砖空鼓的需返工。正常情况下，每贴100片砖，墙面砖允许有1片是空鼓的，地面砖允许有2片是空鼓的，但必须返工，返工主材（已算在损耗内）由业主负责，如超过此范围，则主材由施工方负责。

（c）正常情况下，地砖的水平度允许有2毫米的误差，地砖的缝隙须一致，砖与砖对角处应平整（允许有0.5毫米误差），厨卫墙面砖除砖与砖对角处应平整外，还需水平度（允许1毫米误差）和垂直度（允许2毫米误差）要达到标准，卫生间、阳台地面砖须考虑地漏，则要先考虑好坡度，如没有特殊原因不得有积水。

（d）在墙砖和地面砖铺完后，需用"填缝剂"或"白水泥"进行湿浆填缝。

117

防白蚁

(a)在刷完墙和线槽垃圾清理完毕后，进行一次全面的防白蚁处理（即全屋喷洒白蚁药）

(b)所有板材进场后需进行防白蚁处理(专对木板类做防白蚁)

(c)铺木地板前,需对要铺木地板的地面做一次防白蚁处理

(d)喷白蚁药时以喷湿为佳(即可明显看到湿润)

118

自己准备两支好的中性玻璃胶，一支透明的，一支白色的，在装浴室、洗手台、橱柜、防盗门时都用得着。虽然一般厂家包安装都会带玻璃胶来，但他们提供的玻璃胶大多质量不好，日后容易变色或发霉。

119

如果不是万不得已，坐厕不要用移位器。这个东西很容易造成坐厕下水堵塞。

厨房的铝扣板、油烟机上方的两块，开好孔后一定要等油烟机完全装好之后再安上去。如果早早安上去，装油烟机时又不得不拆下来，拆拆装装容易变形，无缝天花也变成有缝天花了。

120

121

如果为了统一美观，厨房和卫生间也可以安装木门。不过，在装上之后马上就要将门框与地面接缝的地方打上玻璃胶，否则门的底部会发霉变黑。

122

在水电改造封墙前，一定
要让装修师傅提供详细水
电图。

123

如果准备把墙面刷成彩色的，在电改造时就要考虑到换线的问题。

开工之前，要让装修队长分析墙面如何处理，是否需要将原来的粉全铲掉。特别是准备将墙面工程外包给油漆公司的人。

124

125

增加线路肯定要重新布线，但是可以从就近的接线端分支接线，而不允许在原电线上加接头接线。

126

空调的控制开关只能在电源端,在线路上是不允许加的。

127

改动电话和网线位置的时候,可以把原来布的线抽出来继续用。但是如果施工不当会有许多隐患。所以,最好是从房内的弱电箱里换线。

128

测量电路改造的工作量,一般是按照三种不同的布线方法来分别测量的。

(1)打槽埋管(按线槽长度测量,如果一个槽内有多根管,则按管数的一半计算,另一半计入架空线)。

(2)架空线(只穿管不打槽)要按管的长度计算。

(3)换线,换下多少就算多少(换下的线告诉施工队别扔了)。

(4)弱电改造,按第一种方法计算。不同的是,要注意弱电线是由谁购买,业主买则要扣除电线价格。

129

买材料前,自己一定要先计算一下大概的用量。

130

问:马桶如何固定在地上,用打螺丝吗? 还有,底座和管道的衔接处,里面和外面分别用什么密封比较好?

答:马桶是用膨胀螺丝固定的。底座和管道衔接处的里面用马桶专用密封胶,外面用白水泥加白胶调配的水泥浆。购买马桶的时候一般都配有专用的密封胶。

131

如果地面有旧下水管，在砸除地砖的时候往往会被损坏，若有此情况不要犹豫，一律铺设新的，以策安全。

132

卫生间墙壁上那种内陷的置物空间别废弃了，贴好瓷砖很好用、很漂亮的。

133

瓷砖阳角最好不用收边线条，要瓦工磨45°角拼接才漂亮。

铝塑管安装封水泥的时候，一定要在场监督工人按照施工标准给热水管预留膨胀空间。总之铝塑管别封结实了，松动一些反而好。

134

135

卫生间地面如果比较高，可以用过门石过渡解决。

加管子移动下水道口时，在新管道和旧下水道入口对接前应该检查旧下水道是否畅通，这时候疏通一下可以避免日后很多麻烦。

136

137

卫生间地面的坡度要在铺砖之前考虑好，按照国际标准的坡度并不能够达到迅速排水的效果，而且如果使用了防臭地漏或者超薄地漏，都会大大加剧排水的困难。

亚光油漆就是比高光的漂亮。别听油漆工的，
如果油漆工说亚光不好刷，那一定是他技术
烂。同样，如果油漆工说聚酯没有聚氨酯的好，
也是骗你的。

141

安装漏电保护器和空气开关的分线盒的工程不能省,而且不要放在室外要放在室内。因为放在室内门后并不难看,而且用起来还很方便!

140

装修时应选用成品腻子而不要用滑石粉,因为成品腻子比较好用。

绝缘胶带和生料带别在小店买,大超市的质量明显好很多,而且分量足,换算下来价格并不贵。

139

142 找大型装潢公司工地上的工人包清工比
较合适，不但技术比较好，而且工具还很
"先进"。

漏电保护器和空气开关要用名牌的，而且要
买真货。 143

配台下盆时要注意龙
头，考虑到盆边厚度，　　**144**
龙头嘴要长些。

145　马桶安装前的那个洞是很大的，大到地漏盖子
都能掉下去，如果你的地漏已经安装而马桶没
有装，千万注意地漏盖了，或者把地漏盖子收到
别处保管。

146 买硅胶的话全进口的绝对最好，如果用在很不重要的地方，那种 7、8 元的也可以用，譬如铝合金窗框内部就可以用垃圾级别的硅胶堵上。不过卫生间、厨房建议选用进口硅胶，绝对物有所值！

147 三角阀不应该省略，也省不了多少钱。如果有三角阀的话，安装三角阀就可以提前发现铜接头处有没有漏水；如果不安装，则只有最后安装龙头往铜接头上接管子的时候才能够检查当时安装的内接是否漏水。由于漏水总要加压一段时间才能测试出来，所以最后安装内接和龙头比较不安全。

148 在装修过程中，请了装修公司就多与设计师沟通，请了施工队就多与工人沟通，因为实现你的想法要靠他们。

149 装修最大的问题在于沟通！

150 空间有限时,橱柜可设计成门型。

151 一般装修中, 不计正规装修公司的管理费、税费,材料费等占 75% ~ 80%,人工费占 20% ~ 25%。

152 在厨卫以外的地上走水管, 就等于给自家装了一颗定时炸弹。

153

强电与弱电要分别穿管，能分开走最好，距离保持 10 厘米以上，但能做到不易，因为多数家庭为节省费用而开一个槽。音响线可穿入弱电的同一管子。

家具内面可刷油漆和贴板，做好后打开柜门和门窗通风，直到无刺鼻气味。如果选用好的木芯板，家具内面可不处理。

154

三型聚内烯管不仅适用于冷水管道，也适用于热水管道，甚至纯净饮用水管道。PPR 管的接口采用热熔技术，管子之间完全融合到了一起，所以一旦安装打压测试通过，便不会漏水，而且 PPR 管不会结垢。PPR 管号称"永不结垢、永不生锈、永不渗漏、绿色高级给水材料"。

155

156　漆板好，兼有实木和复合的优点。

157

不要把打湿的印刷品长时间放在人造石上，也不要把湿砧板长期放在台面上。木头湿了有时也褪色；用钢丝球擦污渍，就像用手挤青春痘。

158

问：煤气表能用普通的门板封在橱柜里吗？需要使用百叶窗型的柜门吗？

答：定期打开检查通风就可以了。

洁具的尺寸一定要规划好，最好事先画出草图，
计算一下尺寸。

159

160

买成品门的业主注意，如果你为了追求效果而用商家配套的面板包门套，那么你可能就要被狠宰一刀啦！

161

问：安装水管前，是否要把龙头和台盆、水槽都买好？

答：不用，只要确定哪里是台盆龙头、浴缸龙头、洗衣机龙头什么的就行了，99％的龙头和落水都是符合国际规范的，只要工人不粗心，都没事。如果自己做台盆柜，台盆需要提前买好，或看好尺寸。在量台面前要先确定好水槽的尺寸，装台面前买好就行了。冷热水管间的距离在用水泥瓷砖封口之前一定要确定是15厘米，而且一定要平行。如果已经买了，最好装上去，等封好后再卸下来。

162

问：如果用一根8芯网线同时走电话和网络，会不会互相干扰呀？

答：不会。1、2、3、6打在网线模块上，4、5打在电话模块上，另两根随便。

163

一定要好好检查配电箱的安装。

164

装水龙头的教训：
浴缸和花洒的水龙头
所连接的管子是预埋
在墙里的，一定要把尺
寸弄准，以免到时候装
不上。

新新人类的时尚小窝

FASHION
home furnishing

第三章

好房子：无毒、绿色、省钱
每个人都能打造的健康住宅

80 后新居装修新理念

　　"80 后"这个装修群体已成了家装市场上异军突起的一个群体。

　　随着文学上 "80 后" 一词的冒出，如今，"80 后"已成为当代追求时尚、不拘泥于传统的年轻人的代名词。这一代年轻人在衣、食、住、行各个方面都表现出了自己独特的个性和品位。另一方面，"80 后"一代又都到了适婚的年龄，近两年结婚的年轻人也以他们居多。于是，买房、装修、结婚就成了他们的热门话题。

　　随着"80 后"结婚小高潮的来临，我们也把关注的目光投在了他们的新居装修上，共同探讨一下"80 后"在新居装修方面都有哪些不同于以往的新理念。

装修新风格：舒适、简约为主调

小张是一个典型的"80后"，最近，她正准备同男友结婚，新居的装修已成了他们的重头大戏。虽然装修还没开始，但她脑子里已大概有个图谱了，就是以简约、舒适为主调，同时要体现出自己的个性。希望将自己的喜好完全体现在房屋的设计中。

"80后"人群非常希望自己的家居设计能够融入更多属于自己的东西，而且对于新型、时尚的设计想法，他们比其他年龄的顾客更愿意接受。如果可以形

成良好的沟通，应该能够达成非常愉快的合作。因此设计师会根据每位客户的学历背景、工作环境和兴趣习惯来为客户作设计。对于"80后"的客户来说，这是非常必要的前提。有了这样的前提，设计师可以对客户进行个性和实用相结合的设计，比如在一个可以用来作为观景台的小阳台上，做出一个隐蔽的藏书橱等。能够用突出的实用个性主义占据顾客的心，是装修公司赢得"80后"顾客的关键之处。

这两年由于结婚的年轻人比较多，目前在各大装修公司，"80后"新居装修所占的比例已占到了所有装修的 50%～60%。

"80后"一族新居的装修风格已不同于他们之前的人们。以往，人们在装修时所追求的风格是稳重大气，颜色上以深红等重色为主，从客厅到卧室一路烦琐的吊顶就是这种风格最好的诠释。如今，"80后"在装修时所追求的则是后现代主义的简

约大方，以白色为主，最多采用局部吊顶，每个房间只要一两个亮点即可。总之，一个词——化繁为简。

装修新趋向：轻装修而重配饰

以往，人们一般都会把大量的资金投入到装修之中，认为漂亮的居室是装出来的。如今，这一观点在"80后"一族这里有了悄然改变。

工作时间短、积蓄少是"80

后"的共同特点，面对买房、装修的双重压力，如果不凭借"啃老"，几乎很少有人既可以轻松地买房，又能精装修。不精装吧，似乎对不起高价购买的新房，面对经济和心理的双重压力，"80后"到底该怎么办？

遭遇这样的难题，"80后"早已有了自己的妙招，那就是在装修上尽量地节省资金，再把节省下来的部分资金投入到后期

配饰上，如此一来，不仅可以节省一部分资金，还可以装出漂亮、温馨的小屋。何乐而不为呢？

很多家装的业内人士也早已注意到了年轻人在家装上的这一新趋向。作个比较，原先的人们是非常重视装修的，配饰在家装中只是一个微不足道的角色；如今的"80后"可不这样认为，在他们的家装中，前期装修与后期配饰的比例目前已达到了1：1，甚至更高。

有一对"80后"的小夫妻，他们在装修时的费用不过3万，但他们单单买一套音响设备就花了2万。由此可见，沙发、窗帘、家电等后期配饰在"80后"那里开始扮演着一个举足轻重的角色。

业内人士预计，在未来的几年中，沙发、窗帘等软配饰在装修市场一定会大行其道。当然，这种现象的出现与"80后"年轻人的消费理念是分不开的。原来人们装修仅仅是为了居住，而"80后"装修则是为了享受，并由此而形成了一种新的文化——"家居文化"。

装修新风尚：注重环保、后期服务

小卢的房子100多平方米，不算大，以绿色和白色为主调，装修极富"80后"的个性特色。但其中最让他引以为豪的却是环保、节能这方面，据他介绍，屋里从灯具、水龙头到墙漆、地板等的选择都是节能环保型的。虽说买时价格偏高，但用起来放心，还能节省资源，一举两得。

好房子： 无毒、绿色、省钱
每个人都能打造的健康住宅

现在各大装修公司接待的众多客户中，"80后"的客户最愿意提出自己的观点，对装修往往愿意更多思考一些个性化很强的设计细节，对环保材料的要求比其他客户都更认真，这些都是"80后"与其他客户的不同之处。

原来人们装修，是不太看重价格的，那时的装修可称得上是"土装修"，更不要说什么节能环保了。而现在的年轻人，尤其是"80后"早已摒弃了这一做法，他们所看重的是装修材料要节能、环保，装修质量要有保障，还有就是后期服务要到位。

节水、节电、节能、节材等节约意识如今已成为家装业的共识。当然，今天我们提倡节约并不表示简陋，也不意味着和舒适的生活方式背道而驰。如今，越来越多的节能产品兼顾科学设计和漂亮外观，节能、舒适两不误。而这些，已成为注重节能的"80后"家装时的首选产品。

时尚家装设计经典小妙诀

现代家居装饰设计有八藏八露,如何掌握好其中的窍门呢?

一、藏冷硬露温馨

家居装饰设计中,要考虑到冰箱、彩电、音响、空调等电器的摆放位置,有条件的可将其藏在木

质柜橱、木质花格档板里面或后面，并能很方便地拉出来、推进去。

二、藏精露典

精美的工艺品藏放在博物柜中，保证它的安全性，但为了便于欣赏，在博物柜内装上几盏不同颜色的射灯，使工艺品更能充分地展示出它的典雅来，尤其是在晚间，与友人共同欣赏时，打开射灯，便可增添艺术魅力。对墙上的艺术挂画、饰品，也可专门加射灯照明，突出其观赏性，让其"暴露"得淋漓尽致。

三、藏门露窗

如果家里客厅四墙的门显得过多，便可将不怎么用的房间加以隐藏，如做一个滑轨可拉动的"假书橱"来掩饰，效果就很好。尽管假书橱厚度不够，但却不易被外人发现破绽。如果你的某间房子窗子少或小，那可在适当的墙面上"露出一个假窗"来，给人一种开放感。

四、藏重露轻

如今流行大客厅，有些客厅的屋顶上有突出的过梁，给人一种生硬的沉重感。如果将"过梁"用装饰材料将它包装成曲线、曲面状，就可使天花板在艺术创意中变得轻盈起来。

五、藏拙露巧

一般讲，较高大的储物柜会给

人一种笨拙的感觉;而屏风却让人感到轻巧。有人将这两件物品合二为一,便有了新奇的创意:即六扇屏风的中间四扇就是储柜门,储物柜也就"藏"在屏风的后面。这样的家具无论是放在卧室、客厅、餐厅或门厅处都是十分适宜的,且六扇屏风的造型可是弧面,也可是折面的。

六、藏灯露影

当你在客厅、卧室或门厅中确定了摆放大型花卉的位置后,便可

在它的下方再设置射灯,这样的组合,可将花卉的影子打在天花板或墙壁上,进一步增加美感。

七、半藏半露

以往人们习惯在门厅或屋角放个衣架、鞋架或钉几个衣帽钩。如今从简洁美观的角度看,这些都已"时过境迁"了。下班回家,将换下的衣物统统"藏"起来才好。当然,这种"藏"也是有分寸的,比如说,最近流行的大衣柜,其柜门就是玻璃窗式的,内加纱帘,在半藏半露中显示其所藏衣物的高贵,减轻衣柜显"堵"的问题,因为卧室的空间一般都不太大。

八、藏厚露薄

冬季寒冷,挂一块厚些的、颜色重些的窗帘遮光挡风,在其内侧,再挂一块质软、色轻、带有风景图案的薄窗帘增加效果。

自由职业一族的
家居办公风水

随着社会的进步,有很多人已经不习惯每天朝九晚五的上班生活,而要寻求一种自我独立的办公方式,做 SOHO 族(自由职业者),这当然是极好的选择。因为,在家里办公具有自由掌握工作进度和对办公环境控制自如的两大优势,既能根据自己的喜好设计办公室,增强工作效率、提高工作效益,又可以享受到住家的乐趣,可谓事业家庭双丰收。然而 SOHO 一族应该注意的办公风水有哪些呢?

一、办公室的理想位置

家庭办公室的理想位置是住宅中央的东、东南、南与西北部。同时要注意的是,鉴于睡觉与工作是不可协调的矛盾,办公室和卧室应彻底区分开。

根据业务的类型和事业的发展阶段,要善于利用每一个特殊的方位,才能令事业受益。

比如事业初期：宜在住宅的东部或东南部办公。该方位能使人变得更忙碌、更活跃、更引人注意，更能使好主意化为现实，有助于事务的和谐有序成长。

事业发展期：宜在住宅的南部办公。该方位能帮助办公者吸引客户对其经营业务的注意，并且令业务受到普遍欢迎。特别对公关性质的工作有极大的助力。

事业飞跃期：宜在住宅的西北部办公。该位置有益于领导、组织与协调他人，巩固事业，并维持他人对自己的尊敬。

二、快乐办公三要素

家居办公应该创造繁忙、生气勃勃并且愉快的气氛。因此要具备以下三个要素：

1. 照明尽量采取天然光线，能具备开大窗的房间较好。

2. 电器应该慎加选择，以减弱辐射的影响，并且房间里应有足够的阔叶植物，特别是百合，可有效抵消电子辐射。

3. 办公室的工作会导致纸张、文件夹、书本等办公用品杂乱无章，因此必须要有足够的储物空间，可以使各类用品保持整齐。

三、家居办公室的色彩

色彩对于环境的影响不言而喻。在家

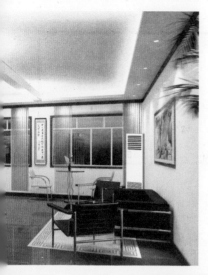

居办公环境里，颜色的运用也会对工作的效率产生很大影响。在工作比较忙碌紧张的办公环境里，宜用浅色调来予以缓和压力；而在工作比较平淡的环境里，宜采用强烈的色彩来刺激。具体而言，颜色应以五行协调，以促进生产力。如办公室在住宅东部及南部，宜用绿色与蓝色作为办公室的主色调。而南部的办公室宜用紫色，西北方位宜用灰色或浅咖啡色。

好房子: 无毒、绿色、省钱
每个人都能打造的健康住宅

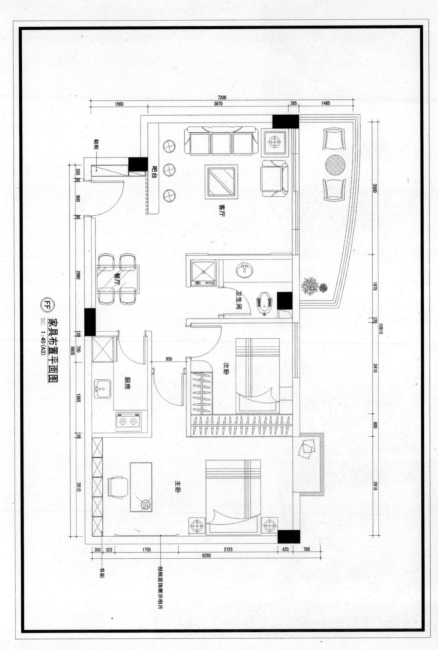

7200
1560　3870　285　1485

鞋柜
吧台
客厅

餐厅
卫生间

厨房
次卧
950

主卵

FF
SC. 1:40 (A3)
家具布置平面图

300 325　1755　2725　420 760
6280

书柜

家居装修面面观

HOME
decoration

第四章

好房子：无毒、绿色、省钱
每个人都能打造的健康住宅

季Season
节篇

春季装修全攻略

春季是家庭装修比较好的时节，但是春季装修要特别注意防潮、防水等细节，初次装修的业主不妨先看看业内人士整理的春季装修攻略。

攻略 1：装修公司的选择

选择装修公司是装修房子的重中之重，选择装修公司时要查三证，看他们有无承担家居装饰的资质证书、营业执照和装饰行业协会会员证。另外，针对个别有资质的公司往往把工程转包给"游击装修队"的做法，消费者还应考察装修人员的办公地点等。

攻略 2：了解家装程序

家庭装修工程可概括为结构工程、装修工程、装饰工程和安装工程四个类别，具体工序应当是：

首先由瓦工对基层进行处理，清理顶、墙、地面，使之达到施工技术要求，同时进行电、水线路改造。基层处理达标后，木工进行吊顶作业，吊顶构造完工后，开始进行细木工作业，如制作木制暖气罩、门窗框

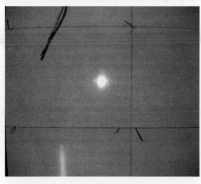

套、木护墙等。当细木工装饰构造完成，并已涂刷一遍面漆进行保护后，才进行墙、顶面的装修工作。

在进行墙面装饰时，应预留空调等电器安装孔洞及线路。地面装修应在墙面施工

完成后进行，开始地板、石材、地砖等的铺装，并安装踢脚板，铺装后应进行地面装修的养护。地面养护完成后，再进行细木工装饰的油漆饰面作业，完工后装饰工程基本告一段落，再将配套电器、设施、家具等安装安放好，工程才算最后结束。

好房子：无毒、绿色、省钱
每个人都能打造的健康住宅

攻略 3：如何科学防潮

家庭装修中，木质材料的使用比重较大，而木制品受气候影响较大，有热胀冷缩的特点。气候的干湿情况会影响木质材料的含水率，春季气候条件适宜将木质材料的含水率控制在 13％ 以内。木材含水率如果超过这个比例，其热胀冷缩的变化就很明显，从而影响施工质量。

在选购木料时，一定要购买经过干燥处理的木料。因为这种木料可以直接用于居室的装修，减少了中间环节，就减少了木料受潮的机会。木料买回后放置两三天再进行必要的防潮处理。

攻略 4：环保装饰装修

消费者对家庭装修环保问题的关注度日益上升。为避免装修造成室内污染，应尽量选择简洁的装修风格，选用环保的装修材料，并在装修合同中约定环保条款，以免装修过后出现污染而缺少投诉和诉讼时所需要的依据。

合同中不仅要注明所用乳胶漆、油漆的品牌名称，还要把是否会造成空气污染或者是否

会产生有害气体超标等问题作为一个重要内容写入，以此来要求装修公司保证使用高质量的装修材料，保护消费者合法权益不受侵害。

　　房子装修完毕后，可请室内环境监测的权威部门进行检测，了解空气中甲醛等有害物质是否超标，及早采取有效措施。另外需要注意的是，刚装修完毕的居室不宜马上入住。由于各种有害气体的释放量很高，立即入住会对身体造成伤害，所以要通风一段时间，以加快有害气体的释放扩散，降低室内有害气体的浓度。

初夏装修"敏感区域"的施工与保养

初夏季节装修"敏感区域"的施工与保养十分重要。接下来,针对一些在这个时候装修容易出现的问题进行逐一解答,让初夏装修更简单。

疑难问题:卫生间装修造成"跑冒滴漏"

越来越多的家庭会进行二次装修,而在这个过程中,有的业主需要把原有的卫生间墙砖、地砖都打掉,换成全新的瓷砖。

这种情况需要重新对卫生间的墙、地面做防水。如防水工程出现问题,就会出现"跑冒滴漏"

的问题，有的业主就因卫生间防水没做好，导致水渗漏到楼下邻居家，损失严重。

解决之道：严防死守，注意边角缝

卫生间在装修施工中，可以说是相当"敏感"的区域了。因此，在这个季节装修要格外注意施工过程中的各个细节。

首先，在做防水处理之前，卫生间地面要找平。据装饰设计师介绍，这样做可以有效避免防水涂料由于涂抹不均而造成的渗透；其次，卫生间墙面的接缝处也要涂刷到位。由于卫生间墙地面的接缝及上下水管道与地面接缝处比较容易出现问题，因此，一定要处理好这些边角缝的地方，防水涂料一定要涂抹到位。

另外，卫生间墙面处理也很重要，一般需要在卫生间的墙面上做30厘米左右的防水涂料，以防积水浸透墙面。

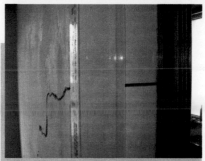

疑难问题："保温板"开裂影响质量

对于一些新房，很多墙体都带有一种新型"保温层"。而在这个季节对这种墙体进行装修，很容易出现乳胶漆开裂的问题。

据装饰工程设计师介绍，其实这种开裂是由墙体水泥出现裂缝或墙体"保温板"接缝出现开裂造成的，并不是装修质量问题。

解决之道：基底处理保证乳胶漆漆膜完整

为了达到完美的装饰效果，可以通过一些行之有效的方法来进行适当补救。据设计师介绍，将墙面基底处理干净后，可以在墙面贴一层的确良布料，保证乳胶漆漆膜完整，这在装修过程中操作起来比较简单。

另外，还可以将墙表面的保温板去掉，或将水泥墙面除去，在保温层外面安装一层石膏板，然后在上面刷乳胶漆。这样可以把一些裂缝去除，裂缝地方一般就是板材之间的接缝，但这种办法在装修过程中相对来说比较复杂。

夏季家居混搭装修
三大原则不得不看

由于夏季空气过于干燥或过于潮湿，一向不被认为是家装的好季节，很多人认为春季、秋季才是装修的黄金季节。其实在夏季装修，只要处理好应注意的问题，按照正常的施工工艺、施工工序来做每一项工作，同样也可以做出让您满意的工程。

现在服装界流行"混搭"，家居装修似乎也是可以尝试的。可是，该怎么去"混搭"呢？

服装界的"混搭"之风的确渐渐地吹到家居中来了。大到装修的风格，中式、古典、现代、地中海、乡村、欧式等，小到装饰的部件，都各有各的好，但把这些都搭配在一起，真的能更有个性吗？

答案当然是否定的。"混搭"不意味着混乱。把风格迥异、材料不同的东西放在一起，能有成千上万次的排列组合，的确非常考量每个主人的审美和耐心。搭配得好，可以屋随心动；搭得不好，看着就闹心。千万不要忘记，"混搭"不是为了展示不同，它的最高境界恰恰是融合。这里面无数的可能性代表的是"混搭"那种折中而又个性的气质。

"混搭"时要避免的问题

一是主调不明。一个家里要呈现的风格一定要统一，不能客厅是欧式古典，卧室却变成中国清代的繁复风格，洗手间又采用地中海风格的装修，超过三种以上的风格调和在一起，对整体和谐是一大挑战，更何况一些风格本身就是不相容的。

二是色彩太多。"混搭"的居室一般都比较繁复，家具配饰样式也较多。这时在色彩的选择上就更要小心，免得整体显乱。在考虑整体风格的时候需要确定一两个基本色，然后在这个基础上添加同色系的家具，配饰则可以选择柔和的对比色以提升亮度，也可以选择中间色以显示内敛。

三是配饰太杂。配饰在"混搭"时的使用更要遵循"精当"的原则。多，未必累赘；少，未必得当。虽然整体面积不是很大，材质也需要拟定 1~2 种色彩、质地和花纹，比如使用壁纸，那么窗帘、沙发、床品都需要考虑搭配。

专家支招
业主夏季装修七大好处

1.家装公司派工好

夏天装修面临高温潮湿天气，装饰公司一般会采取比较好的防范措施，多数都会选择处理防潮、防滑经验更丰富的工人，施工工艺也相对更加精细。另外在装修淡季，家装公司的人力和精力会相对充沛些，不会因为赶工而偷工减料，因此提供的服务和工程质量更有保证。

2.材料好坏容易辨别

选择在夏天装修，材料是否合格环保也更容易辨别。装修过程中使用的各种木材、人

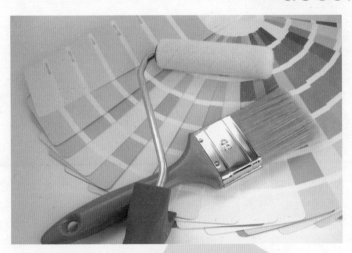

造板、胶乃至购买的家具,都可能隐藏着甲醛,而油漆中所含的有害气体如氡、苯等也会长时间滞留在新装修完的居室中,构成健康隐患。但在夏季,用鼻子闻就能大致判断主材或装修工人使用的辅材是否环保。

3.木工刷漆效果更好

对木工来说,夏季温度高,空气含灰少,使得漆膜成型好,而且油漆干得快,打磨也就及时,这样油漆的光泽度能充分显现,刷出的漆面效果反而最佳。

4.便于杜绝墙面问题

夏季墙面刷漆也有其他季节不具备的优势。一般夏

季气温潮湿，墙面刷漆前刮的腻子可以慢慢干透，而不会因为"表干"造成刷漆后涂料脱落，影响墙面的施工效果。这也就从根本上避免了常见的墙体粉化、起泡和开裂问题。

5.瓦工粘贴更为牢固

夏季装修的特殊天气条件，对于瓦工的施工也很有好处。由于夏季温度较高，水分蒸发过快，瓦工为了保证瓷砖充分吸水，多数会提前浸泡，有的还要进行二次浸水，这样吸饱水分的瓷砖就能服帖地黏在地面和墙上。而且贴完瓷砖的表面用水浇透后，又可以开窗通风自然晾干，瓷砖也能黏得更为牢固。

6.有害物质释放更快

夏季装修时的高温潮湿天

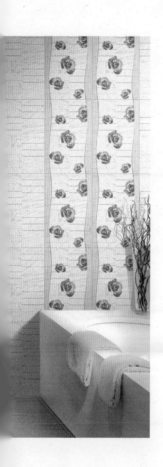

气,有利于加速空气中甲醛等有害物质成倍释放。以木质材料为例,当气温达到28℃以上,湿度超过45％时,其中的甲醛就会成倍释放。另外,夏季装修施工时可以开窗通风,加速释放有害气体的同时,使新居更为安全环保。

7.利于发现隐患问题

夏季装修完工后,会经历由潮湿到干燥的"时效"过程,这时装修出现问题较高的项目会更多地反映出来。进入秋季后空气非常干燥,木地板之间缝隙加大、墙面与门框因材质或收缩率的不同而出现缝隙、墙纸开裂等问题,有利于业主发现装修隐患并及时修补。

冷Cold &
暖篇Warm

如何配置家庭舒适、环保的制冷采暖设备？

　　新房装修，业主更多的考虑是设计方案如何新颖别致，装饰材料和施工单位如何选择，器材配置方面在式样、品牌、颜色、环保等方面花费昂贵的资金，但在新房如何节能、环保改造，特别是器材节能和房屋整体通风环保方面考虑较少，导致在长期的家居过程中，家庭能源支出过高，空调耗电高、热水不热且慢、冬季供暖难以达到舒适效果、房间通风死角过多等等，这些现象都将降低

现代家居的舒适质量。其实，能源消耗问题是家居生活中的大项支出，如何结合自己的户型进行节能环保装修，是在装潢方案的设计源头就需要重点考虑的问题。因为南方地区住宅外墙体薄又没有隔热措施，而空气湿度又相对较大，因此，同样面积的房屋要保持相同的室内温度效果，冷热负荷设计要比北方地区高80％左右。所以，住房节能改造将使以后的每年在能源开支上节省近50％，从而可避免很大的能源浪费，以下从5个方面阐述家庭冷、暖、浴、通风设备不同的配置方案对新房节能、环保、舒适性等方面的影响：

1.根据房屋的建筑节能情况选择装修节能改造方案

普通房屋要从装修设计方案源头考虑节能改造，对门窗玻璃，特

别是阳台玻璃进行必要的"双玻"改造，对内墙和房顶加作内保温处理，在铺设地板前加隔热地垫，对热水管道添加保温措施，尽量减少户间的热传递，减少房屋与外界的能量传递，提高屋内能量的使用率。但目前对现有房屋的室内墙面做内保温装修改造工作量相对较大。新盖的节能型房屋的建筑结构一般具备了50%左右的节能标准，装修过程的节能改造工作量较少，只对上下楼面和热水管道进行适当的保温处理即可。但在主要的能耗器材选用方面要重点关注，如空调选用变频机组、供暖和热水选用热效比较高的燃气锅炉设备，既节能又舒适。新

房节能装修改造后，一般可以达到60％以上的节能标准，即每年可以节省2／3左右的电、气和热水费用，家庭装修节能改造的投资回报率自然很高。

2. 根据能源的热价比选择家中节能设备的配置问题

一般从能源的热价比参数来考虑家中用电或耗气设备的配置比例，也就是比较不同能源的性价比问题，即电和气能源的单位发热量和单价的比值。某单位天然气的发热量是电的12倍多，单价只有电的5倍左右，所以，天然气的热价比是电的2倍多，用天然气采暖自然比电设备取暖节省一半多的运行费用，比煤气节约近30％。所以，选择天然气热源设备相对节能，随着天然气这种高效清洁能源的普及，天然气热能设备已成为家庭节能设备的首选，在配置家庭设备时，尽量提高使用天然气热能设备的比例有利于减少以后的家庭开支。太阳能热水器省电但相对耗水；电热水器因电热价比相对过低而使用成本将高出一倍多；空调可以供暖，但冬季环境温度低于5℃时特别耗电，且达不到舒适的采暖效果；投资了节能舒适的燃气锅炉后，锅炉配新

好房子：无毒、绿色、省钱
每个人都能打造的健康住宅

风，可以免装浴霸，水源、地源热泵空调因利用恒温地表层热量，比空气源热泵空调平均节能40％左右。

　　3. 根据住宅通风状况和室内空气环保要求选择配置家庭新风设备

　　住宅的通风换风效果也是日常家居常见的头疼问题，因南房、北厨、厅中的房间布局严重阻隔了室内空

气对流,加上装潢门窗改造的屏蔽,使室内空气对流严重不畅,空气死角的区域很多,长期在空气不对流的房间里,人会感到胸闷不安,特别是夜间睡眠期间总不踏实。据统计,每人每小时的新鲜空气不低于 30 立方米时,才会感觉舒心气爽。在法国等欧洲国家,住宅新风标准和节能建

筑标准一样严格执行,室内空气必须要有良好的、持续的新风气流组织,才会满足人体吐故纳新的需求,排气扇只能局部排出废气,没有持续的新风更换且噪音过大,所以,近几年引入的新风系统产品深受居民欢迎,房屋新风系统除在门窗关闭时实现室内通风换气、改善室内舒适的空气品质方面功能优越外,兼有防灰尘、防蚊虫、防甲醛等实用功能,尤其适合新房住户,新风系统是房屋的呼吸系统,是解决目前家庭空气环保问题的第一选择。

4.根据设备器材的热效率选定具体的燃气节能设备

一般的能源设备包括燃气热水器,它的热效率在 78% 左右,而燃气壁挂炉因其封闭燃烧工作原理,能源浪费极少,其热效率达到了 92% 以上,能源的利用率提高了 15% 左右。所以,在购置家庭设备时,尽量选购热效率高的热能设备,有利于提高家庭能源的利用率和舒适性,也减少了相应的家庭开支。从目前的热能设备热效

率比较来看，燃气壁挂炉是目前家庭节能设备的好帮手。

5.根据能源设备末端系统及传导介质的节能环保优劣选择优化的末端和介质系统配置方式

能源设备的末端系统主要包括风机盘管、传统湿式地暖、暖气片和干式地暖四种末端。风机盘管一般为顶装强制空气对流方式，主要应用于制冷设备的末端，如空调各种风机盘管，因为低温介质的冷量为吸收式传导，需要风机强制对流才可使空气扩散，因而会有噪音

和空气对流带来的舒适性差、干燥等不足，也可以用在快速采暖场所，因热量在室内分布温度为顶高下低，在满足对人体供暖状态下需要的热量最多，是能耗相对较高的末端系统；暖气片末端一般为墙装空气自然对流传热方式，应用在供暖设备的末端，高温介质的热量依靠空气自然对流扩散传导，因而暖气片采暖没有噪音、舒适性相对较好。新型美观的暖气片兼有高档房屋的装饰功能，卫生间暖气片兼有烘干毛巾的功能，热量在室内分布温度为上下均衡，在满足对人体供暖状态下需要的热量较多，因地面不隔热容易造成热量户间传递损失，使用费用相对较高；传统湿式地暖是在地面安装地暖管的热辐射传热方式，采用地暖工艺安装，地温介质的热量依靠热辐射自下而上扩散，地暖采暖没有噪音、符合人体"温足凉顶"的中医保健理论，舒适性最好，热量在室内分布温度为下热上温，在满足对人体供暖状态

下需要的热量较少，是能耗最低的末端系统，关键要选择良好的隔热发射层材料，否则地面能耗损失会很高；干式地暖末端因采用优质铺垫宝制作，通过铝板均衡散热，相当于安装在地面的暖气片！3.5厘米以上的高密度挤塑板可以达到绝热程度，可消除地面户间传递热损失。干式地暖末端的热量利用率最高，是目前最节能的供暖末端方式。同时，因为干式地暖模块抗压强度很高，该产品工艺已经成熟，便捷的安装方式可以达到不占室内层高、铝板传热使地面升温很快、基本满足即开即热的要求，相对于传统地暖和暖气片末端，干式地暖末端的优势非常明显，室内地板保持良好的舒适脚感，所以，干式地暖末端是目前能省层高、既省钱又省时间的理想末端，相当于铺设地面隔热

保温层，夏季冷气利用率也很高。

　　冷暖设备的传导介质包括水、氟利昂、风、电四种，因而衍生出水机组、氟机组、风管机三类空调方式和水暖、电暖两种暖气方式。氟机组空调包括普通空调和氟系统中央空调，氟利昂介质在室内管道循环，通过风机盘管与空气交换能量，存在空气干燥、影响空气品质、氟利昂泄漏等多方面问题，空调的舒适性较差，长期使用会产生空调综合征，即"空调病"的常见问题，尤其不适合体质较弱的人群长时间使用，需要安装新风系统调节、平衡室内空气湿度，用能效比的高低和定频、变频来反映节能程度；水机组空调目前仅有中央空调，水介质在室内管道循环，通过风机盘管与空气交换能量，不影响空气品质，

空气不干燥、低水压泄漏隐患低、空调风柔和、舒适性好，长期使用不会产生空调综合征，用定频和变频来反映节能程度，水机组中央空调和水采暖是目前舒适性最好的空气调节方式，但投资相对高一些。

综上所述，配置家庭制冷、供暖、热水、新风四大功能设备，可以得出以下结论：

1. 制冷空调的舒适性方面是水系统中央空调机组最优，氟系统普通空调和中央空调其次，一般需要配置新风系统来调节；节能方面因空调技术非常成熟，水机、氟机的能效比相当，但变频比定频机组平均可节能 30% 左右，空调制暖的能耗接近电暖器，既不节能又干燥，水源、地源热泵空调比空气源热泵空调平均节能

40％左右;环保方面水机比氟机中央空调更环保。如安装了冬季暖气,
房间的制冷空调普遍可以选择小半匹的或单冷空调,节省总体投资。

  2.采暖设备的舒适性方面是干式地暖系统最优,传统地暖次之,
暖气片采暖一般,空调风机盘管最差;采暖节能热源方面最优化的是
天然气采暖设备(家用锅炉),热泵空调次之,电暖器和电热设备(含
浴霸)能耗最高,末端方面最节能的是干式地暖;房间暖气片兼有美
观高档的装饰功能,卫生间暖气片兼有毛巾挂的功能。

3. 热水设备的舒适性方面以大流量恒温热水的家用锅炉最优,燃气或电热水器次之, 太阳能热水器因水压不稳、冬季热水不足,舒适性较差;节能方面是太阳能热水器最优,燃气锅炉次之,燃气热水器再次,电热水器能耗最

高；如安装了燃气锅炉，不需重复投资太阳能热水器，地面和内墙面保温措施可以因人而异，但热水管道的改造必须做好保温，厨房卫生间的地面防水层不能开槽破坏，否则必须重新做好防水措施。燃气热水设备配置热水循环管道系统，将大幅增强家庭热水的舒适性和便捷、节水等系列功能。

4．家庭新风系统被称为房屋的呼吸系统，具备了室内通风换气、防灰尘、防蚊虫、防甲醛、平衡湿度、过滤空气六项实用功能，噪音低、投资低，是目前解决家庭空气环保质量问题的首要选择，也是目前家居舒适系统产品中投资功能比最高的产品。

5．环保、节能装潢贯穿了装潢工

好房子：无毒、绿色、省钱
每个人都能打造的健康住宅

程的始终，关键是做好设计方案的源头配置和资金分配规划，更多了解建材、暖通行业新技术材料之后，才能真正营建好一个环保、节能、健康、温馨的新家。近两年，大多数业主进行新房装潢时已经呈现出"轻装饰重配置"的理念转变，省钱配暖气已经成为新的装饰潮流，特别是节能环保的干式地暖市场发展迅速，其中的原因就是该地暖新技术解决了家居既舒适又节能的多功能问题！

"气凝胶"能让
房屋冬暖夏凉

　　再过不久，你或许会在大冬天抱怨由气凝胶制作的夹克太热了，用气凝胶隔热的房子太温暖了。

　　由于国内技术人员攻克了多项难题，气凝胶成本因此大降，其广泛应用成为可能，让气凝胶建造的绿色节能房子走进我们的生活，将不再是梦想。

好房子：无毒、绿色、省钱
每个人都能打造的健康住宅

一种改变世界的神奇材料——气凝胶开始走进我们的日常生活。日前，由中南大学和某科技公司共同研发的气凝胶引起了外界的浓厚兴趣。该产品在隔热和透明等性能方面有了新突破，解决了困扰业界的多个技术难题。

气凝胶又被称为"冻结的烟雾"，99%是空气，质量轻，又具有良好的隔热和隔音性能。此外，气凝胶的绝缘性能良好，还能承受相当于自身重量 2 000 倍的巨大压力。

这些特性使气凝胶备受科学家和商家的青睐，并得到了初步应用。在国外，有些公司推出了一系列用这种材料制成的冬季夹克，但在消费者纷纷抱怨这种衣服太热之后不得不下架。

今年初，英国推出一套用气凝胶隔热的房子，保温效果大大改善了，室内自动调温器比同类房子调低了5℃，可取得同样的保温效果。

由于制备成本高昂，气凝胶一直未能得到广泛应用。中南大学和某科技公司此次成功攻克了多个技术难题，最新申请了7项气凝胶相关发明专利，使气凝胶制备成本大为降低，使其广泛应用变为可能。

气凝胶玻璃属于环保型高档产品，一旦广泛用于公共建筑及高楼大厦的建筑节能玻璃，市场需求有望达到500亿元人民币以上，可见其市场前景非常广阔。再比如，该材料应用于家庭及单位的太阳能集热器，将比现有太阳能热水器的集热效率提高1倍以上，而热损失下降到现有水平的30%以下。

光**线篇**
Light

家居采光设计
常识推荐

　　商品房设计要求采光充分，难以想象暗呼呼的房子有谁会去青睐。自然采光设计，就是要根据自然光线照明度变化大，光谱丰富以及与室外景致有机联系在一起的特点，向室内居住者提供天气气候变化、时间变化、光线方向和强弱变化，以及各种动态信息所形成的白天室内的自然时空环境。利用自然采光可以形成室内的自然装饰感，如太阳日出日落、月亮位移等，都使室内形成光影变幻的、具有生命力的美感。如果居住环境中没有这种光影效果，只是一味地追求明亮的光线，则室内环境会显得单调而缺少生活情趣。

购房时,如何对房屋采光进行选择呢?

首先来谈一谈窗户。目前,建筑施工中常用的窗户类型主要有以下几种:

一、水平窗

水平窗可使人感到舒展开阔。

二、垂直窗

垂直窗可使人从室内观看到犹如条屏挂幅式的构图景观。

三、落地窗

落地窗不但能增加房间的明亮程度,而且可使室内外有浑然一体的感觉。

四、天窗

天窗可以观赏云雾雨雪、日月星辰的变化,能改变房屋面积狭小窒息的感觉。

五、花格窗和镂花窗

由于光线交织、似透非透的虚实对照，花格窗和镂花窗能使光线照射到地面和墙上，产生千姿百态的变化，很有艺术感。

在购房时，根据功能不同，光线强度要求也是不同的。

一、客厅和起居室

客厅和起居室的自然采光宜充足，尤其是谈话区，应尽量安排在采光良好的窗前；音像视听区应远离窗户，以避免阳光直射视听设备，影响收视效果。另外，室内家具和摆设品也应尽量避免阳光直照，以防止褪色或变形。

二、书房

书房的自然采光宜明亮，尤其是写字台，宜放在面北窗下，因为北面光线柔和，稳定且不刺眼。写字桌宜与窗户垂直放置，让光线从左上方射来，这样在读书和写字时较为舒适。

三、卧室

卧室是睡眠休息区，光线宜柔和，睡床应放在光线较暗的房间中后部。

四、厨房

厨房采光应良好、光线充足，但应避免光线直射，尤其是橱柜、冰箱，应尽可能离开窗户或面向窗户。

五、餐室

餐室的光线应柔和、舒适，餐桌应避免强光

直射，以免影响食品口味。

六、卫生间

卫生间光线不宜太亮，窗户宜用毛玻璃或凹凸花纹玻璃来装饰，避免从外向内一览无余。

自然光线，通过居室装修还可以给居住环境带来许多意想不到的效果。

如可以利用茶色玻璃的反射营造气氛；铝箔板和镜子反光强，能增加房间亮度，构成虚幻空间，丰富空间层次；金属百叶窗，能根据居室的需要，任意调节自然光线在室内的明暗程度等等。

因此，单纯的明或暗对于房间的使用都是不利的，只有明暗搭配协调的房间，才是采光理想的居室。

室内灯光效果
光线折射显大气

居家照明，不是灯火通明才叫够亮，家里最理想的亮度是延续黄昏时分的自然光。间接光源与暖色光的运用，是家庭照明最通用的准则。利用已有的灯具，换个方向打光或改个地方摆放，效果大不相同。

书房加盏立灯

随着网络的延伸，一个在电脑前生根的"e"族逐渐形成，不论是工作还是消遣，只要是需要长时间看书、写字或是盯着荧光屏的，被视物与周边的亮度维持在 5：1 是最理想的。照明专家建议，除了在桌上放台灯外，还应在书房加放一盏立灯，往天花板上打光确保环境照明的均衡与充足。

嵌灯避开全面照明

现在的装修风潮中，很多人喜欢使用嵌灯做居室照明。在居室内大量使用，尤其要注意其光照方向。嵌灯采用的大多是石英卤素灯，这种灯泡会产生大量的紫外线与红外线，长时间照射人体，会使人体皮肤产生不适感。事实上，卤素灯在

光谱中的演色性相当理想，只要避免作为全面性的照明，将光打在画、摆件或植物上，仍是很好的营造气氛的光源。

给孩子安盏可调床头灯

为孩子入睡前念故事书，是很多家长的"必修课"，这时一盏床头的阅读灯是不可或缺的。但要注意的是，这盏灯最好是可调光的。在孩子入睡前如果孩子怕黑，稍稍调暗亮度就可以了。床头灯应是父母离开孩子卧室时关掉的最后一盏灯，它比一盏吸顶灯更重要。

脸色和灯泡有关

在一些设计装饰精致的高档饭店、餐厅，你会发现人的气色、肌肤显得红润、细腻，这就是灯光的效果。

灯泡的色温和演色两种指数影响光的效果。家中最好选用色温在 2 700～3 000K 的暖光色温灯。色温指数越高，则越偏蓝白色，其照明效果就像阴天，让人心情、气色都不好。

少用荧光灯

现代人常用的荧光灯管(日光灯)因为频率问题，虽然从外表看不出来，其实仍在影响着我们的健康。家中不应使用大量的荧光灯，尤其是卫生间等出入频繁、反复开关的场所，这会缩短荧光灯的使用寿命，最好多选用白炽灯泡(钨丝灯泡)，或是有电子启辉器的不闪的荧光灯泡。

好房子：无毒、绿色、省钱
每个人都能打造的健康住宅

节能装修
重点做好三方面

用有保温效果的节能型装修材料，每天能为空调节省 10 度电；节能型水龙头、座便器的使用，能大大降低家庭能源的消耗……

中青年家庭新追求

装修节能就等于省钱

在洗漱盆下安装一个储水装置与座便器相连，利用存储的日常洗漱用水冲马桶；给卧室的

吸顶灯安装上控制开关,调节灯泡的开关数量……

这些家庭装修过程中简单易行的节能手段,大大降低了水电消耗。

以一套 100 平方米的房子为例,夏季室温保持在 26℃左右,使用一台功率为 2 匹的空调,一天下来,仅空调就要消耗 10~15 度电。而如果使用具有保温效果的节能型装修材料,空调一天只用5度电就能保证生活需要了。

节能型水龙头、灯具、座便器等装饰材料在现代家庭装修中的大量应用，使能源消耗大大降低。与以往的普通装修相比，采用节能装修的家庭一年的能耗开销甚至可以省一半。

当然，节能产品虽好，价格也相对较高。一款节水座便器要比普通座便器贵出几百元，一个节能灯泡的价格是白炽灯泡的5倍，甚至10倍。

不过价格高的节能装修产品，还是受到了中青年家庭的追捧。这和装饰公司近年来推出的节能装修概念不无关系。

装修公司新卖点
节能装修凸显竞争差异化

节能装修的概念一经推出便赢得了市场的认可和好评。

随着家装企业竞争日益同质化，寻找企业新的卖点成为当务之急。而在"节能减排"大背景下应运而生的节能装修，恰好迎合了这一需求。

装修节能不是以减少能源的使用量为手段，而是以科学的家居设计为前提，合理并充分利用能源。家居节能离不开周密而科学的设计规划。

比如，为了省电，绝大多数家庭只有在逢年过节时才偶尔点上射灯和灯带炫一

炫。这些造价不菲的设计,无疑成为一种浪费。而好的设计师会通过材质对比、色彩搭配等各种手段,替代射灯和灯带,同样能营造出想要达到的效果,这就形成了装修公司之间竞争的差异化。

建材市场销售主流
新型节能材料

许多高科技含量的新型建材都打着环保和节能这两张牌,很多新型的节能建材正在逐渐成为建材市场的销售主流。

现在水、电、煤气的价格都有上涨趋势,选择一款节能的装饰材料,就相当于给自己节省了一笔不小的开支。

很多顾客在考察产品质量的同时,都会关心其能耗多少。像水龙头、座便器、灯具、开关、门窗等建材商品,除了舒适、美观外,节能已成为消费者选购的重要标准。

价格上的差异,使得一些中低收入的家庭对节能装修产品望洋兴叹。

　　节能产品价格昂贵，在一定程度上阻碍了节能家装的推广进程。

　　节省能源、降低能耗是一个长期使用的话题，在物价不断上涨的今天，选择节能的家庭装修方式和节能的装饰材料无异于一劳永逸。而只有在长期的使用过程中，才能体现出其省钱的效果和价值。节能产品价格虽高，但其使用时间及节能效果也远远超出普通产品。相比之下，眼前的价格差异根本就是冰山一角。